joão schlaepfer

Graduado em letras pela PUC-Rio, participou das publicações *164-Circular* (org. Claudia Chigres, TextoTerritório), *Como se eu fosse um poeta resignado* (Mondru), *Revista Ensaio* (Ano II) e três edições da *Revista Philos Neolatina*. É um dos ganhadores do Prêmio Rio de Contos (2022). Roteirista e consultor de roteiro, escreveu a terceira temporada de Mundo Miraculous (Gloob). É coautor da série de ficção *Ainda estamos aí* (TêmDendê) e coordenador de canais e conteúdo digital.

TRANCA A RUA

joão schlaepfer

editora Urutau
primeira edição
2022

O —

editora Urutau

avenida peirao besada, 6 – 2D
36163 poio-pontevedra
(espanha)

rua cajus, 478
jardim das cerejeiras, cotia — sp
brasil
06724-015

[+55] 11 94859 2426 [brasil]
[+34] 644 951 354 [galiza]

www.editoraurutau.com.br
contato@editoraurutau.com.br

[EDITORA]
debora ribeiro rendelli
[REVISÃO]
angélica andrade
[PROJETO GRÁFICO]
wladimir vaz
[COORDENAÇÃO GRÁFICA]
tiago fabris rendelli
[DIAGRAMAÇÃO]
victor h. azevedo
[CAPA]
victor h. azevedo, sobre fotografia de deva darshan

dados internacionais de catalogação na publicação (CIP) de acordo com ISBD

schlaepfer, joão
S338t tranca a rua / joão schlaepfer. — cotia : urutau, 2022. 72 p. ; 14cm x 19,5cm.

ISBN 978-65-5900-275-7

1. literatura brasileira. 2. poesia. I. título.

CDD 869.1
2022-1624 CDU 821.134.3(81)-1

elaborado por vagner rodolfo da silva - CRB-8/9410

sumário

* * *

5365

Inventaram de chamar as ruas de datas,
lugares de números,
pessoas de matrículas,
Maria das dores,
Marina das dúvidas.
Inventaram de misturar números a letras
e, já que lugares são números,
tem quem ache que número é lugar —
e nunca chegam a lugar algum.
Eu também não cheguei a nenhum lugar com isso.
Do contrário, esvaziei a cabeça,
e com ela vazia organizei os pensamentos pra saber bem onde
[deixá-los.
As analogias ridículas de amor foram guardadas no fundo,
imagina só, quase fiz um poema comparando queda com abismo.
Tenho uma queda pelas comparações.
Essas ficam no cabide das ideias para serem acessadas com
[facilidade.
Por cima das analogias de amor coloquei uma camada fofa,
as analogias são as fotos de criança dos pais,
nunca usamos, mas precisamos saber que estão bem guardadas.
Lembro de encaixar ali no fundinho outra frase brega, mas meio
[híbrida,

que dizia que era cedo pra tudo,
inclusive pra desistir.
Essa eu não achei tão ruim, pode caber em algum lugar,
só não pode ser nome de rua.
Nome de rua fica jogado pela cabeça de um jeito que não deu
[tempo
ou saco pra guardar direitinho.
Eu esqueço o aniversário da minha mãe
e ainda me inventam de chamar rua de data.
O povo anda tão louco que vão dar um jeito de inventar couro
[de soja.
Me vieram com uma bota vegana há pouco tempo.
Acho engraçado que nas ruas que têm por nome números
louco quer dizer criativo.
Mas não em todos os casos.
Quem foi o louco que inventou de chamar ruas de números?

encorpado

todo corpo é orgânico mecânico
todo corpo é uma cidade esférica e esburacada
todo corpo é a lua de uma estrela
que de buraco em buraco se constrói
que de porta em porta fica sem saída

a cidade é um corpo em obra constante
as empresas, corpos edificados
na fumaça do centro e dos carros
e do ônibus que você pegou
você cheira tua blusa, teu corpo
você vê que você se fuma
você fuma teu cartão
você fuma teu estagiário
você fuma teu chefe, teu número, teu endereço
você fuma teu e-mail, teu número de telefone
você fuma teu cargo e teu logo
você enche o peito
e não acende um cigarro
pra matar a fome na hora do almoço
você volta na condução
com a condição de sentir toda a fome de um cidadão
escutando por alto o que sai dos templos que você construiu

encontrando corpos e ideias
subindo ladeira na contramão da fé
que é vendida nas esquinas, nos bares, cafés
nos ônibus, corpos, celestes
é tudo vendido sem nota e sem garantia
porque a fé prescinde propaganda
e o mau uso do dízimo dizima a diferença
aí, você almoça teu orgulho
com fome, com doce
com lama, perdão
almoça pra alimentar o corpo orgânico mecânico
cidade esférica e esburacada
lua de uma estrela
que de buraco em buraco se constrói
que de porta em porta fica sem saída

o homem todo funciona corpo
o corpo funciona todo homem
todo corpo homem funciona
homem funciona o corpo todo
todo corpo funciona, homem

cidade satélite

Você já viu uma cidade de cima?
Parece um chip de computador.
Chip não, uma placa cheia de chip, cheia de rua, cheia de fio, cheia de informação.
Cheia de gente, de ar, de fumaça da praça de alimentação, carro, caminhão, cigarro, sorriso; tem sorriso também.
A placa é uma bagunça organizada.
Os fios se cruzam e batem no carro do lado.
Um acidente atrasa a moça pro colégio.
Aparece vendedor de quinquilharia, biscoito e água.
Quem são eles? De onde eles vêm?
Aonde vamos conseguir chegar nesse trânsito?
Por que não uma pausa pra leitura?
Não se pode dar conta dos fios
ou listar a função dos chips
até porque ninguém sabe explicar como funciona direito mesmo,
mas que funciona funciona.
É como a cidade:
ela se existe pra se alimentar, pra fagocitar, pra engolir.

E nunca mata a maldita fome.
Tem gente com fome nas ruas!
Tem gente com sede nas casas, que agora são minoria.
Tem gente com sede de gente.
Tem uns que nem são mais gente.
É gente que transcende o corpo.
A cidade ainda não aprendeu, gente transcende a cidade.
Geralmente isso é feito no mórbido cotidiano.
Diferente daqui, as ruas não são sempre paralelas.
Cruzamento não é a interseção de duas vias.
Caminhos são feitos para serem perdidos.
Cruzamento é a oportunidade de criar um caminho novo.
A cidade é do tamanho do seu percurso.
A chance de se perder é do tamanho dos cruzamentos.
Você já viu uma cidade por dentro?

domingo de revista

Um dia eu acordei e vi que o céu não era azul.

Não, não acordei à noite. Acordei às onze num domingo de revista. Pista da praia fechada, orla cheia. Cachorros, gringos, skates e patins dançavam um improviso no asfalto. Os óculos escuros nas caras da maioria a mim pareciam avessos. Biquínis e sungas ao que a mim parecia a luz da lua. O mate vendia gelado. O cheiro de queijo com orégano vinha numa onda ou outra. Os deitados não demonstravam sono. A roda de amigos continuava redonda. Cangas e chapéus balançavam nos guarda-sóis ambulantes. A lixeira cheia de cocos dizia que o sol haveria de voltar.

se maitê morasse

se Maitê morasse no Humaitá
a vida seria tão bela
os passeios seriam tão próximos
nosso translado tão rápido

se Maitê morasse no Humaitá
pedalaria uma vez por semana
buscaria um emprego mais perto
e aboliria o uso de carro

se Maitê morasse no Humaitá
a vida seria tão curta
que não haveria muito para onde ir

se Maitê morasse no Humaitá
seria diferente — onde eu moraria?
Maitê não mora no Humaitá

a rua dos outros

mora tanta gente na minha rua
na minha rua mora tanta gente
que eu nem sei se são as vidraças
ou tetos, paredes mordaças
da gente que mora na casa que é sua

na minha gente mora tanta rua...

bateu sinal

sino soa entrada e saída
buço sua nas salas descascadas
sina incerta nos desvios sujos
assoa-se a vida na cela de aula

greve

Cadê o prédio?
Assédio.
Cadê a aula?
Jaula.

cigarro da madrugada

cigarro da madrugada
tua foto recém postada
uma tragada em cada

contraventor de sutilezas

Chuva seca
Álcool que não pega fogo
Lanterna que pisca
Pilar sem apoio
Água que suja

Contravenções de etiquetas

Anúncio de paz
calando pra gritar
Paz armada
Jornal que não informa
Patrão beneficente
Aperto de mão sem aperto
Boca que não comunica

Contravenções de picaretas

Graça que chora
Pipa que enterra
Poste que não sustenta
Para frente sem avanço
Pesquisa que não pesca
Estado que não está

Contraventor de sutilezas

Amor frio
Saudades sem lembranças
Como um pai
olhando a filha no balanço
que no vaivém observa a árvore
que não enxerga nada

desértico

a minha casa tem clima árido
ou é calor do deserto
ou é frio do mesmo lugar

e as flores?

Se tia Lorena soubesse
que o folclore foi-se
embora no cloro, nos colos
e faltas, o que faria?

Tia Lorena reclamava
não ver mais floriculturas,
sentia saudade de ir à loja
revelar suas fotos.

Sua mãe brigava
por não tirar fotos.
Jamais, de jeito nenhum,
não permitia.

Para a mãe de Lorena
as fotos roubavam
a alma que a floricultura
trazia de volta.

é você

Você é
o fim do meu começo
Você é
o zíper quebrado quando preciso abrir a mochila pra pegar o RioCard
Você é
o beijo que não dei antes de minha mãe entrar no coma
Você é
o bêbado que pisou no meu pé na minha primeira valsa
Você é
metade da vida que não tive
Você é
o marcador de página que me faltou ao retomar meu o livro
Você é
a inércia do meu movimento
Você é
a porta trancada com a chave dentro
Você é
o começo do meu fim

engavetamento

Semáforo apagado.
Carros parados.
Buzinas alarmantes.
Tetas lactantes
ligam pra ambulância.
Criança com ânsia.
Ônibus batido.
Motoqueiro caído.
Sangue espalhado.
Vidro quebrado.
Gritos desesperados
em direção à lua.
Eu, atrasado,
atravesso a rua.

floresta estacionamento

o mico botou o rabo entre as pernas
a arma da ilha foi a evolução
dança, come; valsa, pão
armadilha, alçapão
buraco na praça
trapaça

injetaram em gesso e em massa
na balança estadual
o compléxico de vira-lata ladrou
o macaco desistiu da vida urbana
autor de crime tem autoridade
homo sapiens só trabalha com um tipo de espécie
inventar é ventar para dentro
folhas e notas que despencam por hectares
os estacionamentos são maiores que os parques
só eles são gratuitos
se a raiz é muito funda
custa a arrancar o siso
árvores grandes têm ojeriza a paredes

gastrite

gota de água
goela adentro
engasguei esgotado
gago e gasto
a água aguçava
um gosto agudo
era eu me engolindo
esgoto

gramática dos namorados

Dirce disse desce que chegou seu Uber!
Obedeceu.
Cessei o recesso em recessão.
Por isso passei a dirigir por dinheiro.
Dirigia incluído na viagem, excluído do passeio.
No meu banco de trás, um casal: a filha da Dirce e um menino.
Uma curva acentuada à esquerda — crase, travessão.
Parêntesis: esqueci de dar seta.
Na falta de direção, pus ponto.
Ele e ela.
Elo ilha.
A colisão amor tece, se conheceram numa queda de bicicleta.
Pontuação amortece, Dirce despediu-se da filha num ponto
[de exclamação.
O freio me disse que a morte tece o que os três pontos diriam.

manada

Animais extintos
por instinto
de outros.

Matados a gosto
de nada.

o que não é

com medo de tudo que pretende não ser
viveu a plenitude ao morrer

metaciclista

"Entregador de jornais
é assassinado com tiros
a queima-roupa em Dourados."

Como pudera um entregador
morrer da dor
de dois furos?

Por que as manchetes
pararam nos fretes
com juros?

Se quisesse a bicicleta,
bastava pedir.
Mas a morte era a meta
que fez o ciclista cair.

aluga-se

meu vizinho morreu essa semana
e foi assim que ele deixou de existir

mosquito do elevador

sobe
disse o mosquito
em seu tosco finito

veio de onde?
sei não
trabalha com quê?
sou vampiro
        mais cedo tava no encontro do esterco
        agora vou tentar negócio novo na cobertura
aluguel tá puxado, né?
pago não
ah, é? mora onde?
não moro
mas e a família?
não tenho

silêncio
as asas no espelho
cobertura
chegou

abriu-se o universo novo

onde o único daquele povo
era o humilde operário
ele
esse bicho ordinário
que sabe exercer sua missão

o inseto com atenção
desviava
enquanto buscava entender
o lugar em que se encontrava

uma luz branca piscando
resto de café com açúcar
a cortina tampando a vista
o horizonte ofende
um chulé vindo da lixeira
                tem casca de fruta de ontem
                e miolo de maçã desistida
o carpete manchado de sonsos
esperando as seis horas
o mosquito na orelha
o zumbido no afago
o rancor na impressora
o trabalho no saco
é...
doce ironia
daquele mosquito em folia

motivo

O primeiro era o mais forte
dos que o seguiam ao Norte,
e ele mirou num João,
que se esquivou de repente
e viu que a bala do pente
não perfurou coração.

Mas um tiro o deixou fraco.
Ele sacou seu casaco
ao gritar e esconder.
E o homem sentou o gatilho,
berrando ao maltrapilho:
"Vou acabar com você!".

Seguiram o dançarino,
que dava as costas ao destino,
cambaleando ali perto.
E logo os três o caçaram,
mas dessa vez não erraram,
só deram um tiro certo.

Ele parou num momento,
lembrando o casamento

com o divisor pelo chão.
E o homem corno sem cara
disse, tremendo na vara,
que acertou o irmão.

mutável constância

Constantinopla mudou
Emudeceu
mumificou morreu
Constantinopla modificou o codinome
Constantinopla é o nome do eu
que já mudou
morreu
que já tomou
fodeu
que já ganhou
perdeu
que não é meu
mas eu

super mario

não gosto de jogos sem regras
mas também não passo por todos os checkpoints
eu canso rápido se não puder passar de fase
não faço questão de colecionar as moedas do caminho
não jogo pra cumprir missão
brincadeira pra mim é apertar os botões
descobrir na hora qual vai ser o resultado
zerar o jogo é melancólico
enfrento o chefão com no máximo duas vidas

passo

Não vejo tudo que passo.
Não passo por tudo que vejo.

Por que passos?

Cem passos
num caminho nefasto.
Se paro,
afasto.
Sem passos
no calor do asfalto.

Passado:
o passar do caminho.
Não vi
o caminho passado.

Não vejo
porque passo.

não, mãe, não se despeça

não, mãe, não se culpe
não foi você que me ensinou a ir sozinho
não, mãe, não se culpe
não foi você quem escolheu a linha

não, mãe, não se preocupe
o cartão ainda dá duas horas pra voltar
não, mãe, não se preocupe
você não fez mal a ninguém

não, mãe, não se machuque
basta que um leve as cicatrizes na pele
não, mãe, não se machuque
aquela roleta não te deixará no mesmo ponto

não, mãe, não se assuste
não havia o mesmo destino no metrô
não, mãe, não se assuste
que meu caminho eu escolhi na hora

não, mãe, não mais relute
que eu não saio do ponto final
não, mãe, não mais relute
pois também não desci no terminal

não, mãe, não se perturbe
por causa da besteira que os outros fizeram
não, mãe, não se perturbe
pode dormir tranquila, sabendo que eu não volto mais

não, mãe, não se conturbe
já pode matar a saudade olhando a TV do ônibus
não, mãe, não se conturbe
com a seção de desaparecidos que aparece no mesmo ônibus que sumi

o dia que não sei

Acordei meio desnorteado
e sem paciência para ler um livro.
O céu tão cinza quanto exausto,
e o sol, entre nuvens, escondido.

Na minha janela, portões que não se abrem,
rios que não correm, jardins que não florescem,
palavras que não mudam, e crianças que não crescem.
Crianças que não brincam não sabem

curtir o dia que eu também não sei.
Não sei curtir, não sei qual é.
Eu levantei trocando os pés,

vi que acordei às seis.
Pouco importa, podia ser cinco.
Era um sábado com cara de domingo.

o que a falta de isqueiro faz à pessoa?

uma breve ideia se esfumaça
e ficam às traças
os dias — trapaça
sem graça

que o fogo caçoa

amém

O que houver a mim
Amém.

o que inventei de inventar?

Quanta certeza poderei eu ter?
Certeza da forma
não me cabe mais.
Certeza do certo
nunca me coube
por não saber o que é certo.
Já acreditei num deus escasso
– fracasso total da certeza
que inventei de ter.

Mas que deus é esse homem?
Mas que deus é esse que inventei de ter?

O que inventei de inventar?

Ai, meus Deus,
me deu uma vontade de confessar
que, se eu tivesse certeza de estar errado sobre você,
contaria tudo de bom que fiz, só caso você não tenha visto.
Mas eu não sou só um homem bom,
disso eu tenho certeza.
Admito que viso à vizinha,
a mulher que é próxima,

mas, pro senhor,
isso não é questão de amor,
é amor réu.
Morreu.
Não olho mais pra vizinha.
Prometo,
assim como prometi os três pulinhos
que ainda não dei por não ter te achado.
Você é mais difícil que o Wally.
Principalmente na chuva,
que é quando me escondo sob telhados
e não enxergo diretamente o céu em que dizem que você mora.
Nesses dias de chuva me pergunto:
seriam os raios flashes da foto que você tá tirando, Deus?
Faz com que chovam mares sem ensinar a nadar primeiro.
Será que guarda essas fotos pra posteridade?
Qual tua idade?
O tempo é cruel, não é?
Já embaraçou tuas barbas.
Você se olha no espelho para penteá-las?
Se olhar, o que vê?
Alguma certeza sobre você?

ofício da noite

por que maldizem as mulheres
que fazem de seu púbico público?
por que mal olham as mulheres
que fazem com seu púbico público?

por que bendizem as meninas
castas, virgens, até castradas?
por que a vontade escondida
do desejo é tão bem-falada?

de que se alimentam as duas?
apenas fêmeas quando nuas
modestas mulheres em dia de luta

são aquelas que trabalham como putas
humildes crianças que não saem mais às ruas
são esposas que travestem carapuças

pânico da síndrome

Eu não consigo dormir.
Não há café que me acorde.
Não gosto de ficar preso em casa.
Já não me sinto tão confortável no meio da rua.
A sombra que me seguia semana passada existia?
Tem horas que sinto que piso meus próprios ombros.

Eu não sou malabarista.

Não acredito conseguir me equilibrar em mim mesmo,
mesmo não tendo quase nenhum medo de altura.
Não sei o quão alto posso chegar.
Não sei de quão alto posso cair.
A sombra da semana passada era eu.
A de amanhã, quem sabe?

Não gosto de dormir muito.
Não durmo rapidamente.
Às vezes tenho medo da insônia.
Às vezes é o sonho que me dá medo.

Plural de medo é pânico.
Conjunto de doenças, síndrome.

Pode ser que um conjunto de pânicos
seja o plural de síndrome. Ou do medo dela.

Eu fugi daquela sombra.
Me perguntaram quem sou eu.
Respondi com quem eu sou.
(Ou foi o contrário?)
Não sei a que horas deitar.
Escolho o que levo no bolso antes de pôr os pés na rua.
Eu olho para trás.
Olho para frente.
E nunca fico onde eu estou.

partido do meio

Pedi meio quilo de limão na barraca do meio.
Meio sem jeito de dizer que não tinha, o feirante foi arrumar
[um meio de conseguir os limões.
Antes de ele voltar, uma mulher decidiu parir. Ali, no meio da
[feira, eu assistia a um parto.
Apertei demais a banana que segurava e parei para pegar um
[guardanapo.
Uma briga começou envolvendo o marido da nova mãe.
O marido dizia que ia partir o outro homem ao meio. Ele só
[tentava ajudar a grávida.
Tentei apartar sem tomar partido.
A polícia chegou meio-dia, só pensei no melhor meio de partir dali.

uma pedra

na ponta do sapato tinha uma pedra
tinha uma pedra na ponta do sapato
tinha a porra duma pedra
na caralha do sapato tinha uma pedra

nunca me esquecerei dessa merda
nas abas dos meus dedos meio ralados
nunca me esquecerei que na ponta do sapato
tinha uma pedra
tinha uma pedra na porra do sapato
na porra do sapato tinha uma pedra

tinha uma pedra na ponta do sapato
até que tirei e fui descalço e
no meio do caminho tinha uma pedra
que amassava a grama
onde deixei meus sapatos

previsão do tempo

entrada de frente fria
ares densos
temperaturas pouco amenas
tempo encoberto
elevado risco de tormentas
forte presença de picos
torrentes de gritos
possibilidade de pancadas
em caso de chuva de balas
inundação de rancor
atenção especial para fechar as janelas e
tirar as peças vermelhas do varal

o moço

quem era o moço
que descia do ônibus
esticando o pescoço
para evitar ônus
perdido num trajeto
reto?

trabalha aos dias
dobra umas noites
e envia o dinheiro que sobra para a família

mesmo que no despertador
falte pilha
levanta no escuro
na luz
na fadiga

se põe no calor
no frio
com chuva
ou com dor
de pé

o moço qualquer
é o trabalhador de todo dia

redemoinho

Respaldado na Constituição, demando resgate e recuperação imediata das reservas da Receita em remessa exterior. Refuto qualquer resposta. Favor reproduzir, redistribuir nos gabinetes e rodar nos jornais. Resigno o recibo.

Att.,
Réu Renato Recitado

religião

indica
dor
da misé
ria

se o cano me enclausurasse

se eu vivesse o que a vida simplificasse
seria fluxo contínuo sem barreira ou bifurcação
batendo em pedras eu criei ondas
que ao cavarem o leito
mudaram de decisão

no fluxo que eu descia o morro
não me lavei em vão
cortava umas curvas
nos sinos de lama
que faziam minha confusão

eu era a veia do mato
movia mutantes vertigens
viviam em mim variantes de vida
voltava às vezes em fluxos soluçantes
viajando para a foz

à montante de mim
choro de pedra aos pingos
lágrima de rocha e chuvisco
um rabisco de língua em caroço
eu parti uma vez como rio

sem sabiás ou graúnas

Havia uma palmeira
aqui.
A mais próxima
está agora a
quinze metros.

Há uma palmeira
ali.
E sua sombra
ocupa meu espaço.

Há uma palmeira
solitária,
que não deixa
de ser palmeira real.

Há uma palmeira
perdida,
a ex casa da ave
que dali voou.

Há uma palmeira
caída,

que não servirá
de travesseiro.

séquito ludibrioso

tenho andado com a sensação
de estar sendo seguido
seguido e ludibriado por um
séquito que ninguém vê

tenho andado com a sensação
de de dia fugir da sombra
de noite buscar companhia

tenho andado com a sensação
de estar olhando mais para trás
do que para onde ando

tenho andado com a sensação
de que corro atrás de mim mesmo

soneto da abandonada

O silêncio tanto lhe incomodava.
A si mesma não era companhia.
Não saía de noite nem de dia.
Caía no buraco que não cava.

Antiteticamente conversava,
a boca mais falava que comia.
Solitária com postes se afligia
nas noites sem dormir em que vagava.

Sua própria voz lhe ensurdecia,
esbravejava feito um animal.
Solidão não podia ser contida.

Tão triste que a TV não lhe bastava.
Ligava toda noite na central da
NET para finalmente ser ouvida.

tinha uma pedra no meu caminho

tinha uma pedra no meu caminho
no meu caminho tinha uma pedra
e eu vi que não facilmente se quebra
então a chutei com pouco carinho

um susto

tomei um susto
abri o jornal
que recebi na porta
sabendo que para ler o do dia seguinte
teria de voltar na próxima manhã só para buscá-lo
me encarreguei de ler notícia pelo celular
e permaneci acampado
me venderam por trincheira por aí
os soldados são tratados com mais respeito
eu vivo numa guerra sem arma
que agora querem deixar sem orçamento
injusto reclamar de um combatente sem munição
injusto reclamar de um médico sem bisturi
injusto reclamar de um engenheiro sem calculadora
injusto, disseram que não havia custo para mantimentos
e pelo celular eu vi o banquete que não comi
mas paguei
não me chamaram
mas lavei
estou morando em república, mamãe
estou vivendo em democracia, papai
estou aprendendo com a vida, vovô
cadeiras vazias não significam ausência

não caibo mais numa carteira quadrada
da casa que vim tenho saudade
mas toda carapaça racha
alimente o cachorro
dê água pros gatos
solte meus periquitos
pois se daqui for sair
direi ao último
não se preocupe com as luzes

trepada

Eu quero a raiz de um coqueiro
subir,
mas o asfalto permite que só em canteiro
cresça inteiro
um coqueiro.

No entanto não há travessia.
Então mesmo que eu ache algum dia
uma raiz de coqueiro, não poderei subir.

Por isso, ontem ria.
Eu achei um coqueiro,
mas não pude subir.

uma e dez

Saí sozinha e já é uma e dez.
Um rapaz me ofereceu um drink.
Outro ligou dizendo que, depois de tomar uma, desce.
Recusei.
Insistem em não entender: não é carteira que me umedece.

venda de garagem

vendo carro que não anda
roda que não gira
vendo borracha que não apaga
bola que não rola
vendo bilhete sem mensagem
carta sem remetente
vendo pão sem fermento
circo sem graça
vendo saco sem fundo
livro sem escrita
vendo janela sem horizonte
porta sem maçaneta
vendo relógio sem ponteiro
cadeira sem assento
vendo isqueiro sem gás
incenso sem cheiro
vendo fone sem entrada
labirinto sem saída
vendo praça sem árvore
futuro sem esperança
vendo passado sem memória
lembrança sem recordação
vendo música sem nota

pintura sem cores
vendo planta sem raiz
calçada sem chão
vendo moradia sem teto
profissão sem salário
vendo cartão sem saldo
cheque sem fundo
vendo escada sem degrau
caneta sem tinta
vendo filtro furado
televisão sem tela
vendo bala sem gosto
boca sem saliva
vendo elevador sem botão
cadarço sem ponteira
vendo óculos sem armação
revólver que não atira
vendo chinelo sem tira
sapato sem sola
vendo placa que não sinaliza
prego que não perfura
vendo panela que não esquenta
geladeira que não esfria
vendo viga que não sustenta
pregador que não segura
vendo tatuagem que sai na água
sabonete que não limpa
vendo cabeça que não pensa
coração que não sente

vendo polícia que mata
assassino que protege
vendo mingau que não alimenta
cigarro que não faz fumaça
vendo ônibus que não para
jornal que não informa
vendo boia que afunda
volante que não faz curva
vendo espelho que não reflete
cachaça que não embebeda
vendo biblioteca sem livro
cérebro que não pensa
vendo criminoso inocente
bandido que não se prende
vendo avião que não voa
submarino que não afunda
vendo camisinha que não protege
anticoncepcional que dá cria
vendo o Brasil sem coerência

■ primeira edição
■ maio de 2022